Mae'r llyfr hwn
yn eiddo i

Cyhoeddwyd gyntaf yn 2010 gan Wasg Gomer
Ail argraffwyd gan Y Lolfa yn 2025

ISBN 978 1 80099 753 0

Dymuna'r cyhoeddwyr gydnabod cymorth
Adrannau Cyngor Llyfrau Cymru.

Argraffwyd yn India gan Imprint

Cyhoeddwyd yng Nghymru gan Y Lolfa, Talybont, Ceredigion, SY24 5HE

www.ylolfa.com

Printed in India

Hwiangerddi

Casgliad hyfryd o hwiangerddi i bawb

Elin Meek

Lluniau **Helen Flook**

y lolfa

Wel dyna chi dric!

Gee, geffyl bach, yn cario ni'n dau
Dros y mynydd i hela cnau;
Dŵr yn yr afon a'r cerrig yn slic –
Cwympo ni'n dau, wel dyna chi dric!

Hen wraig fach â basged o wye
O Landeilo i Landybïe;
Ar y bont ar bwys Llandybïe
Cwympodd y fasged –
A lawr aeth yr wye.

Gyrru, gyrru i ffair y dre
I 'mofyn cacen erbyn te;
Gyrru, gyrru adre'n ôl
Gyda'r gacen yn fy nghôl.

Mynd drot drot

Mynd drot drot ar y gaseg wen
Mynd drot drot i'r dre,
Mami'n dod 'nôl dros fryn a dôl
A rhywbeth neis, neis i de.

Teisen i Sil, banana i Bil
A rhywbeth i'r gath a'r ci,
Afal mawr iach i Ben y gwas bach,
A rhywbeth neis, neis i fi.

Dau gi bach

Dau gi bach yn mynd i'r coed,
Esgid newydd am bob troed;
Dau gi bach yn dŵad adre
Wedi colli un o'u 'sgidie.

Dau gi bach yn mynd i'r coed
Dan droi'u fferau, dan droi'u troed;
Dau gi bach yn dŵad adre,
Blawd ac eisin hyd eu coese.

Pwsi Meri Mew

‘Pwsi Meri Mew,
  Ble collaist ti dy flew?’
‘Wrth fynd i Lwyn-tew
  Ar eira mawr a rhew.’
‘Pa groeso gest ti yno?
  Beth gefaist yn dy ben?’
‘Ces fara haidd du coliog
  A llaeth yr hen gaseg wen.’

‘Pwsi Meri Mew
  Ble llosgaist ti dy flew?’
‘Wrth orwedd ar y marwor
  A’r lludw wrth y tân,
Am nad oedd Modryb Gaenor
  Yn cadw ei thŷ yn lân.’

Ho-ho-ho-ho-ho-ho!

Si-so, jac-y-do,
Dal y deryn dan y to.
Gwerthu'r fuwch a chadw'r llo.
A mynd i Lunden i roi tro,
A dyna ddiwedd jac-y-do.

Ceiliog bach y dandi
Yn crio trwy y nos,
Eisiau benthyg ceiniog
I brynu gwasgod goch.

Mi welais jac-y-do
Yn eistedd ar ben to,
Het wen ar ei ben
A dwy goes bren,
Ho-ho-ho-ho-ho-ho!

Robin goch ar ben y rhiniog
Yn gofyn tamaid heb un geiniog,
Ac yn dwedyd yn ysmala,
'Mae hi'n oer, fe ddaw yn eira.'

Fy iâr fach i

Iâr fach wen
Â phoen yn ei phen;
Iâr fach ddu
Â phoen yn ei phlu.

Mi brynais iâr a cheiliog,
A hynny ar ddydd Iau;
Mae'r iâr yn dodwy wy bob dydd,
A'r ceiliog yn dodwy dau.

Iâr fach bert yw fy iâr fach i,
Coch a melyn a gwyn a du;
Fe aeth i'r coed i ddodwy wy (*wi*)–
Cododd ei chwt ac i ffwrdd â hi.

Enwi'r bysedd

Beni beni
Cefnder beni,
Beni dapwr,
Cefnder beni dapwr,
Bys bach, druan gŵr,
Tynnu'r drain trwy'r dŵr.

Modryb y fawd,
Bys yr uwd,
Hirfys,
Cwtfys,
Robin ewin bach.

Bys twmpyn,
Twm swchlyn,
Long Harries,
Short Morris,
Wil bach.

Pedoli, pe-dinc

(*Curo sodlau'r plentyn yn ysgafn*)

Pedoli, pedoli, pedoli, pe-dinc,
Mae'n rhaid inni bedoli
'Tae e'n costio inni bunt;
Pedol yn ôl, a phedol ymlaen,
Pedol yn eisiau o dan y droed asau,
Bi-dinc, bi-dinc, bi-dinc.

Pedoli, pedoli, pedoli, pe-drot,
Mae'n rhaid inni bedoli
'Tae e'n costio inni rot;
Pedol yn ôl, a phedol ymlaen,
Pedol yn eisiau o dan y droed asau,
Bi-drot, bi-drot, bi-drot.

Mae gen i ddafad gorniog

'Mae gen i ddafad gorniog
  Ac arni bwys o wlân,
Yn pori min yr afon
  Ymysg y cerrig mân;
Ond daeth rhyw hwsmon heibio
  A hysiodd arni gi;
Ni welais byth mo 'nafad –
  Ys gwn i a welsoch chi?'

Mi gwelais hi yn y Bala,
  Newydd werthu ei gwlân,
Yn eistedd yn ei chadair
  'Flaen tanllwyth mawr o dân,
Â'i phibell a'i thybaco
  Yn smocio'n abal ffri;
A dyna lle mae'r ddafad –

Ebol ac asyn

Mae gen i ebol melyn
  Yn codi'n bedair oed,
A phedair pedol arian
  O dan ei bedwar troed;
Fe neidia ac fe brancia
  O dan y feinir wen,
Fe reda ugain milltir
  Heb dynnu'r ffrwyn o'i ben.

Pori mae yr asyn ar y borfa fras,
Wedi pori digon, mae e'n gweiddi'n gras –
Hi-ho, hi-ho, hi-ho, hi-ho, hi-ho.

Lwc i mi

Deryn y bwn o'r banna
Aeth i rodio'r gwylia;
Lle disgynnodd o ar ei ben, ar ei ben,
Bwm bwm, bwm bwm
Ond i bwn o 'fala.

Gweld oen du,
Dim lwc i mi.

Dwy frân ddu,
Lwc dda i mi.

Pioden wen, pioden ddu,
Lwc i mi.

Tynnu dannedd

Brân ddu, brân wen,
Tafla' 'nant dros fy mhen.

Hen ddant i'r ci,
Dant newydd i mi.

Mae gen i . . .

Mae gen i dŷ cysurus
  A melin newydd sbon,
A thair o wartheg blithion
  Yn pori ar y fron.

Mae gen i gwpwrdd cornel
  A'i lond o lestri te,
A dresal yn y gegin
  A phopeth yn ei le.

Dacw Mam yn dŵad

Dacw Mam yn dŵad
Ar ben y gamfa wen,
Rhywbeth yn ei ffedog
A phiser ar ei phen;
Y fuwch yn y beudy
Yn brefu am y llo,
A'r llo yr ochor arall
Yn chwarae pi-po.

Pi-po Crystyn,
Wan, tw, ffôr,
A'r mochyn bach yn eistedd
Mor ddel ar y stôl.

Hen fenyw fach Cydweli

Hen fenyw fach Cydweli
Yn gwerthu losin du;
Yn rhifo deg am ddime,
Ond un ar ddeg i mi.

A dyna'r fargen orau
A ddaeth erioed i mi.
A dyna'r fargen orau
A ddaeth erioed i mi.

Bonheddwr mawr o'r Bala

Bonheddwr mawr o'r Bala
Rhyw ddiwrnod aeth i hela
Ar gaseg denau ddu;
Carlamodd ar ei gaseg
O naw o'r gloch tan ddeuddeg,
Heb unwaith godi pry'.

Wrth fynd yn ôl o'r hela
Daeth y bonheddwr tila
I groesi hen bont bren;
Ond chana' i ddim ychwaneg,
Fe syrthiodd efo'i gaseg
I'r afon dros ei ben.

O'r diwedd cododd lwynog
Yn ymyl tŷ cymydog,
A'r corn a roddodd floedd;
Yr holl fytheid redasant
A'r llwynog coch ddaliasant,
Ond ci rhyw ffarmwr oedd.

Bechgyn bach

Sioni brica moni
Yn berchen buwch a llo
A gafr fach a mochyn
A cheiliog, go-go-go!

Bachgen bach o Felin-y-wig,
Welodd o 'rioed damaid o gig;
Gwelodd falwen ar y bwrdd,
Cipiodd ei gap a rhedodd i ffwrdd.

Dafi, Ifan a minnau

Dafi bach a minnau
  Yn mynd i Aberdâr,
Dafi'n 'mofyn ceiliog
  A minnau'n 'mofyn iâr.

Dafi bach a minnau
  Yn mynd i ffair y dre,
Dafi'n hoffi coffi
  A minnau'n hoffi te.

Ifan bach a minnau
  Yn mynd i ddŵr y môr,
Ifan yn codi'i goesau
  A dweud bod y dŵr yn ôr.

Gwen, Pegi Ban a Beti Bwt

Fe aeth Gwen ryw fore i odro,
Padell bridd oedd rhwng ei dwylo;
Tra bu'r fuwch yn siglo'i chynffon
Aeth y badell bridd yn deilchion.

Pegi Ban a aeth i olchi,
Eisiau dillad glân oedd arni;
Tra bu Pegi'n 'mofyn sebon
Aeth y dillad gyda'r afon.

Beti Bwt a aeth i gorddi,
Eisiau menyn ffres oedd arni;
Tra bu Bet yn 'mofyn halen
Aeth yr hwch i'r crochan hufen.

Y tincer bach a'r ysgol

Bachgen bach o dincer
Yn myned hyd y wlad,
Cario'i becyn ar ei gefn
A gweithio'i waith yn rhad;

Yn ei law roedd haearn
Ac ar ei gefn roedd bocs,
Pwt o getyn yn ei geg
A dan ei drwyn roedd locs.

Mi af i'r ysgol fory
A'm llyfr yn fy llaw,
Heibio'r eglwys newydd
A'r cloc yn taro naw;

O Mari, Mari, cwyn,
Mae heddiw'n fore mwyn,
Mae'r adar bach yn canu,
A'r gog ar frig y llwyn.

Hei-di-ho

Mae gen i dipyn o dŷ bach twt,
O dŷ bach twt, o dŷ bach twt;
Mae gen i dipyn o dŷ bach twt,
A'r gwynt i'r drws bob bore.
Hei-di-ho, di-hei-di-hei-di-ho,
A'r gwynt i'r drws bob bore.

Agorwch dipyn o gil y drws,
O gil y drws, o gil y drws;
Agorwch dipyn o gil y drws,
I gael gweld y môr a'i donnau.
Hei-di-ho, di-hei-di-hei-di-ho,
I gael gweld y môr a'i donnau.

'Fuost ti erioed yn morio?'
'Wel do, mewn padell ffrio;
Chwythodd y gwynt fi i'r Eil o Man,
A dyna lle bûm i'n crio.'

Mi welais long yn hwylio

Mi welais long yn hwylio,
    Yn hwylio ar y lli,
Ac O, roedd hon yn llawn ymron
    O bethau tlws i mi!

Roedd ynddi ’falau cochion
    A stoc o eirin Mair;
Ei hwyliau oe’nt o sidan gwyn
    A’r llong ei hun o aur.

Y pymtheg morwr noeth eu traed
    A weithient ar ei bwrdd,
Oe’nt bymtheg llyffant melyn mawr,
    Y mwyaf allech gwrdd.

Hwyaden oedd y capten
    O’r enw Twm Siôn Jac,
A phan symudai’r llong trwy’r dŵr
    Fe ganai, ‘Cwac, cwac, cwac!’

Gwynt, glaw a hindda

Mae'n bwrw glaw allan,
Mae'n braf yn y tŷ,
A golchi ei hwyneb
Y mae y gath ddu.

Gwynt a glaw,
Cer ffordd draw;
Haul a gwres,
Dere'n nes.

Glaw, glaw, cer ffordd draw,
Tyred eto ddydd a ddaw.

Mae'n bwrw glaw mân
Ar ben tŷ Siân;
Mae'n bwrw glaw trwm
Ar ben tŷ Twm;
Mae'n bwrw ceser
Ar ben tŷ Esther;
Mae'n bwrw eira
Ar ben tŷ Meira.

Tegwch a gawn

Bys i fyny,
Teg yfory;
Bys i lawr,
Glaw mawr.

Buwch goch gota,
P'un ai glaw neu hindda?
Os taw glaw, cwymp o'm llaw;
Os taw haul, hedfana.

Awyr goch y bore,
Brithion gawode;
Awyr goch y prynhawn,
Tegwch a gawn.

Blwyddyn newydd dda i chi!

Blwyddyn newydd dda i chi
Ac i bawb sydd yn y tŷ;
Dyna yw'n dymuniad ni,
Blwyddyn newydd dda i chi!

Calennig yn gyfan
Ar fore dydd Calan;
Un, dau, tri,
Blwyddyn newydd dda i chi!

Daw hyfryd fis Mehefin cyn bo hir,
A chlywir y gwcw'n canu'n braf yn ein tir;
  Braf yn ein tir,
  Braf yn ein tir,
Gwcw, gwcw, gwcw'n canu'n braf yn ein tir.

Mae heno'n nos Glangaea',
A bwci ar bob camfa,
A Jac-y-lantern ar yr hewl –
  Rhaid mynd neu caf fy nala.

Modryb Elin Ennog

Modryb Elin Ennog,
  Os gwelwch chi'n dda, ga' i grempog?
Cewch chithau de â siwgr gwyn
  A phwdin lond eich ffedog.

Modryb Elin Ennog,
  Mae 'ngheg i'n grimp am grempog;
Mae Mam yn rhy dlawd i brynu blawd,
  A Siân yn rhy ddiog i nôl y triog,
A Nhad yn rhy wael i weithio –
  Os gwelwch chi'n dda, ga'i grempog?

Heno, heno

Heno, heno, hen blant bach,
Heno, heno, hen blant bach;
Dime, dime, dime, hen blant bach,
Dime, dime, dime, hen blant bach.

Gwely, gwely, hen blant bach,
Gwely, gwely, hen blant bach;
Dime, dime, dime, hen blant bach,
Dime, dime, dime, hen blant bach.

Fory, fory, hen blant bach,
Fory, fory, hen blant bach;
Dime, dime, dime, hen blant bach,
Dime, dime, dime, hen blant bach.

Cysga di

Cysga di, fy mhlentyn tlws,
Cysga di, fy mhlentyn tlws,
Cysga di, fy mhlentyn tlws,
Cei gysgu tan y bore,
Cei gysgu tan y bore.

Si hei lwli 'mabi,
Mae'r llong yn mynd i ffwrdd,
Si hel lwli 'mabi,
Mae'r capten ar y bwrdd.